DESTINS DE CHAMPIONS

Texte : Luca Caioli et Cyril Collot.

Photos : Marc Atkins/OFFSIDE/PRESSE SPORTS (couverture et p. 3), MARTIN RICHARD/PRESSE SPORTS (pp. 59, 89), RENARD ERIC/PRESSE SPORTS (p. 67), fernandez/CORDON/PRESSE SPORTS (p. 70), MOUNIC ALAIN/PRESSE SPORTS (p. 90), Jose Luis Cuesta/CORDON/PRESSE SPORTS (p. 95), FAUGERE FRANCK/PRESSE SPORTS (pp. 100, 109), Paul Chesterton/ Focus Images/EXPA/PRESSE SPORTS (p. 102), Aaron Foster / The Image Bank / via Getty Images (pp. 1, 4, 117, 124, 125, 126, 127).

Conception graphique et mise en pages : Audrey Thierry.

Hachette Livre, 58 rue Jean-Bleuzen, 92178 Vanves Cedex.

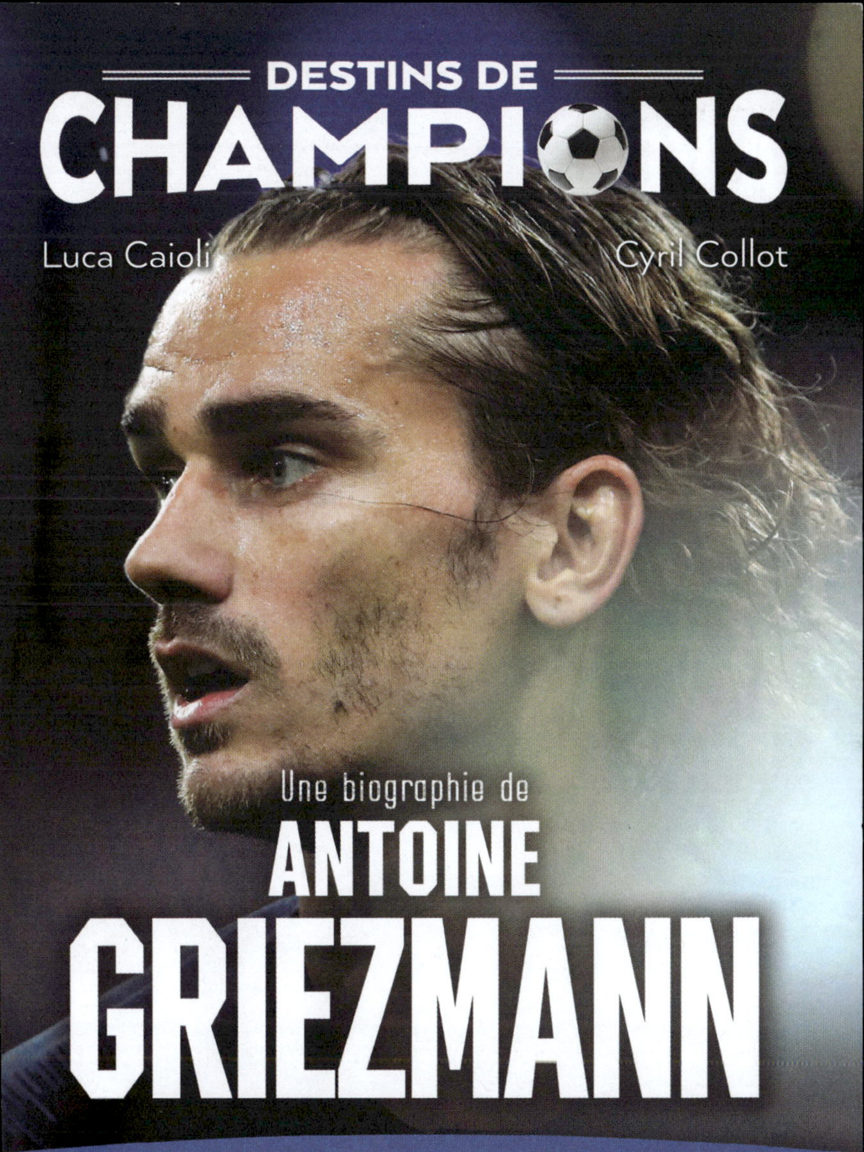

DESTINS DE

CHAMPIONS

Luca Caioli
Cyril Collot

Une biographie de

ANTOINE GRIEZMANN

★ **Au bout du rêve** ★

hachette
JEUNESSE

Antoine GRIEZMANN

Pays : France
Club : Atlético de Madrid
Poste : Attaquant
Numéro : 8 (Atlético Madrid) ou 7 (équipe de France)
Taille : 1,75 m
Poids : 71 kg
Date de naissance : 21 mars 1991

Palmarès

Vainqueur de la Coupe du monde :
2018 (équipe de France)

Vainqueur de la Ligue des nations :
2021 (équipe de France)

Meilleur joueur et meilleur buteur de l'Euro :
2016 (équipe de France)

Vainqueur de la Supercoupe d'Europe :
2018 (Atlético Madrid)

Vainqueur de la Ligue Europa de l'UEFA :
2018 (Atlético Madrid)

Vainqueur de la Supercoupe d'Espagne :
2014 (Atlético Madrid)

Vainqueur de la Coupe d'Espagne :
2021 (FC Barcelone)

Meilleur joueur de la Liga (championnat d'Espagne) :
2016 (Atlético Madrid)

GRIEZMANN

7

CHAPITRE 1

Passion de famille

★★

L'histoire commence au Portugal, dans un village situé à vingt-huit kilomètres de Porto. Le 5 avril 1950, à Paços de Ferreira, les dirigeants de la section football du groupe de scouts fondent le Futebol Clube Vasco da Gama. Le maillot est jaune avec la croix de Malte au niveau de la poitrine, les shorts et les chaussettes sont bleus. Les débuts officiels de l'équipe sont prévus le 19 novembre 1950. Le Vasco da Gama, ou « Vasquinho », comme l'ont affectueusement baptisé les supporters, bat Lousada sur le score de 2-1. C'est Agostinho Alves, un bon attaquant, qui inscrit le but de la victoire. Il est l'une des stars de l'équipe, au même titre qu'Amaro Lopes, le défenseur de 27 ans. La photo de l'équipe, saison 1951-1952, montre ce dernier au premier rang, genou à terre, le ballon entre les mains. Il a les cheveux noirs, coiffés en arrière, un visage maigre, effilé et anguleux, avec un nez imposant. Il arbore, sous une fine moustache d'acteur hollywoodien, un joli sourire amusé. Il porte la tunique jaune avec les lacets, comme il était de coutume à l'époque. C'est un défenseur « *raçudo* », c'est-à-dire un footballeur avec du caractère, quelqu'un qui ne s'éclipse pas quand, sur le terrain de jeu, il faut lutter. Amaro est un supporter du FC Porto, il aime le football, il joue au ballon depuis des années et répond présent dans les bons comme dans les mauvais moments du « Vasquinho ». Quand, lors de la saison 1962-1963, le club change de nom pour devenir le Futebol

Clube de Paços de Ferreira, Amaro Lopes ne fait plus partie de l'équipe. Comme des millions de Portugais, il a plié bagage. Avec sa femme Carolina et ses trois fils, il a pris la dure voie de l'émigration.

« Mes parents sont arrivés en France à Noël de l'année 1957. J'avais 4 ans, Maria 2, et Manu n'avait même pas 3 semaines, raconte José Lopes, le fils aîné. Mon père a trouvé un travail dans le bâtiment, à Mâcon. Nous étions la première famille portugaise à arriver dans cette ville. Ma mère, qui était déjà bien occupée avec nous quatre (ma sœur Andrée est née un an après notre arrivée), aidait les jeunes Portugais qui arrivaient seuls, leur donnait un coup de main pour les papiers et, comme elle ne savait pas écrire en français, me demandait à moi, qui avais 10 ans, de remplir les formulaires et les demandes. Mon père travaillait énormément, dans la construction, mais il n'a jamais laissé tomber le football lors des cinq premières années. Il a joué au FC Mâcon et à Crêches-sur-Saône, un village qui se trouve à huit kilomètres d'ici. » Incroyable, mais vrai : le défenseur portugais n'emmène pas ses fils au stade. Mais ces derniers y vont quand même, et la passion pour le football se transmet. Elle se trouve peut-être dans l'ADN de la famille. José joue pendant douze ans à l'ASPTT Mâcon et fait une saison à La Chapelle-de-Guinchay. Manu, son frère, un faux ailier qui évolue sur le côté droit et qui est, d'après ce que l'on dit, le roi des galettes et des crochets, joue pour l'association Mâcon Portugais. Cette passion du football, les frères Lopes la partagent avec Alain Griezmann, qu'ils ont rencontré à l'époque du collège à la fin des années 1960. Il est dans la même classe que Manu Lopes. Les deux sont inséparables et passent leurs après-midi sur les terrains. Ils s'entendent à merveille et l'amitié, malgré les années qui passent, ne diminue pas.

Alain fréquente la famille Lopes et finit par tomber amoureux d'Isabelle, la dernière fille d'Amaro et de Carolina. Il a 29 ans, elle en a 20. Grâce au football et aux matchs du dimanche au Sporting, ils se voient très souvent. Au bout d'un an, ils se marient. Le 21 mars 1991 naît Antoine Griezmann. Trois ans plus tôt, Isabelle a donné naissance à Maud. Théo, le plus jeune de la famille, naîtra en 1996.

Amaro, le grand-père maternel, meurt en 1992. Il ne connaîtra pas Théo. Il ne verra pas non plus son petit-fils Antoine au sommet de l'Olympe du football mondial. Il ne pourra pas vibrer pour son Paços de Ferreira en première division. Mais ses fils, ses petits-enfants et la communauté portugaise de Mâcon n'oublient pas sa grande passion pour le football, qu'il a transmise à ses descendants. Chaque mois de février, le Sporting Club organise un tournoi de futsal en sa mémoire. Et Antoine Griezmann a baptisé « Amaro » son deuxième enfant, né le 8 avril 2019.

CHAPITRE 2

Les portes bleues

★★

Ce sont deux grandes portes au bleu usé qui n'ont rien de bien original. Le lieu est pourtant devenu culte, car il porte encore les traces des premières frappes de l'enfant du pays, Antoine Griezmann.

« Vous venez pour les Griezmann, c'est ça ? Je suis un voisin. Je l'ai vu s'entraîner, le gamin. Il passait des heures à frapper contre cette porte bleue, qu'il vente ou qu'il pleuve, souvent seul. Sa mère était obligée de lui crier d'arrêter, tellement elle en avait marre du bruit du ballon contre le garage.

Cette porte, vous savez, c'est un peu la fierté du quartier. À Mâcon, tout le monde s'arrête pour la photographier. »

C'est dans cette petite ville du centre-est de la France, bercée par la Saône, qu'Antoine a grandi. Dans son quartier populaire, aux Gautriats, les immeubles sont bordés par de grands sapins et de larges espaces verts où l'on imagine au printemps fleurir les parties de football. Ici, les rires et les cris des enfants ne sont jamais bien loin. Le groupe scolaire est situé au cœur du quartier, au bord de la rue de Normandie. Il y a l'école maternelle Le Petit-Prince et, une cinquantaine de mètres sur la droite, l'école primaire Georges-Brassens.

« Antoine a fait toute sa primaire dans cet établissement, raconte Catherine Guérin, professeure des écoles passée par les Gautriats à la fin des années 1990. Je me souviens bien de lui. Mon mari l'entraînait au club de Mâcon. C'était un gamin très agréable, qui ne jurait que par le football. » À l'école, c'est lui-même qui le dit, il est toujours au fond de la classe, bavarde souvent : « J'étais du genre à découper une gomme en morceaux pour la lancer sur les copains et, quand ma mère me demandait si j'avais des devoirs, bizarrement, je n'en avais jamais ! » Sans surprise, il rapporte ses meilleures notes en éducation physique ; il excelle notamment au basket-ball et en natation. Antoine ne passe pas inaperçu avec sa chevelure blonde et son ballon de football toujours vissé au pied gauche. « Dès qu'il a commencé à marcher, il a eu un ballon dans les pieds. Il passait son temps libre à jongler », se souvient Christophe Grosjean, un ami de la famille et l'un de ses premiers entraîneurs. Pour Antoine, tout est prétexte au jeu. « Il me demandait tout le temps l'heure pour savoir quand ça allait sonner. Il n'attendait que la récré pour qu'on joue au foot », se rappelle son ami d'enfance Jean-Baptiste Michaud.

À l'école, celui qu'on surnomme « Grizi » fait partie du groupe de meneurs qui forment les équipes à la récré et font même chanter les hymnes nationaux avant de lancer la partie. « C'était un gamin simple, sympa, qui ne posait pas de problème, se souvient son ancien directeur, Marc Cornaton. Un élève assez moyen, mais pas un cancre non plus. Il était dans une bande de garçons et de filles qui, systématiquement, à chaque récréation, jouaient au football. »

Dès que la cloche sonne, Antoine file au domicile familial, toujours avec le ballon au pied ou sous le bras. Après l'école, il ne perd jamais de temps à faire ses devoirs : « Je jetais mon sac à dos n'importe où et j'allais jouer avec mes potes ou je filais à l'entraînement. Je n'ai pas vraiment de souvenirs sans ballon en fait. Même quand on allait chez des amis de mes parents, il fallait absolument que j'emporte mon ballon. Le foot était surtout un amusement, une vraie passion. Quand tu as 10 ans, être pro, c'est juste un rêve, rien de plus. »

Une anecdote a d'ailleurs fait le tour de l'école des Gautriats. Un matin, sa mère, qui est agent d'entretien au centre hospitalier de Mâcon, l'interpelle avant de partir : « Antoine, tu es sûr de ne rien avoir oublié ?

– Non, je ne pense pas, j'ai pris mon ballon.

– Ça, je sais… Mais ton cartable, c'est quand même mieux pour aller à l'école… »

Antoine ne pense qu'au foot. Ses terrains de jeu sont partout dans la ville, et notamment au bas des immeubles de La Chanaye, chez sa grand-mère. « Dans le quartier, les gens se souviennent d'Antoine comme du petit blond avec le short de l'équipe de France, raconte André de Sousa, un autre ami d'enfance. Quand on avait entre 3 et 4 ans, ses parents l'emmenaient chez sa grand-mère, qui habitait un étage en dessous de chez moi, et on en profitait pour toucher le ballon. Enfin… on en profitait… il m'obligeait à jouer avec lui ! »

Aux Gautriats, Antoine a également ses habitudes. Les fameuses portes bleues du garage familial, mais aussi un terrain de basket en contrebas de la maison, où, sous les panneaux, son père a bricolé de petits buts en bois. Ici, il passe des heures avec les copains, son frère et sa sœur. Il joue souvent seul aussi. Mais toujours avec son ballon…

CHAPITRE 3

L'amour du jeu

★★

Antoine a 6 ans et vient de signer sa première licence à la Fédération française de football pour la saison 1997-1998. Pourtant, il n'a pas attendu l'âge autorisé pour faire ses débuts en club, sous le maillot de l'Entente Charnay-Mâcon 71. « On l'a fait débuter à 5 ans et demi, confirme son premier entraîneur Bruno Chetoux. Son père s'occupait d'une équipe, au club ; du coup, il traînait toujours autour des terrains avec son ballon. Au départ, il ne faisait que les entraînements car il était encore trop jeune pour participer aux rencontres du samedi. Mais on a quand même fini par lui faire faire quelques matchs avant ses 6 ans. » Antoine se retrouve tous les mercredis de 14 heures à 15 h 30 avec un groupe d'une vingtaine de débutants. « Le plus frappant, c'était son amour du jeu, explique David Guérin, l'autre responsable de la catégorie. Dès qu'on mettait une activité en place, il était là. Il était tellement heureux sur le terrain. Le foot, c'était déjà sa vie... » Bruno Chetoux se montre tout aussi impressionné : « On a vu d'emblée que c'était un bon joueur, raconte-t-il. Le plus étonnant, c'est qu'il était déjà très collectif. Bien sûr, il aimait marquer des buts, mais il était aussi content de faire marquer les autres. On ne perdait pas beaucoup de matchs, quasiment jamais même, assure Chetoux. Alors, quand cela arrivait, c'était le drame. Je me rappelle un tournoi en salle à Mâcon que nous avions perdu aux tirs au but. Antoine avait manqué la dernière tentative. Il était parti en pleurant, sans même attendre la remise des prix. Cela montrait un tempérament. En débutants, c'était déjà un gagneur. Il était déterminé. »

En 1999, alors qu'Antoine s'apprête à rejoindre la catégorie des poussins, un événement bouleverse le paysage du football local. L'ASPTT Mâcon, club réputé pour son travail de formation, le FC Mâcon, club historique de la ville, et le club d'Antoine, l'Entente Charnay-Mâcon 71, fusionnent pour fonder l'Union du Football Mâconnais (UFM).

À cette époque, Antoine ne quitte quasiment jamais ses deux meilleurs amis, Stéphane Rivera et Jean-Baptiste Michaud. Le petit groupe a étendu son terrain de jeu et sévit notamment sur le stade de La

Massonne, à Charnay-lès-Mâcon. « On allait jouer là-bas pendant les vacances et aussi les mercredis après-midi. On n'hésitait pas à déplacer les cages là où l'herbe était la meilleure. Une fois, comme les cages étaient attachées, on a dû faire sauter la chaîne à coups de marteau », avoue l'un d'entre eux. Antoine, Stéphane et « JB », souvent flanqués d'autres copains de l'équipe comme Julian De Cata et Jérôme Belleville, n'ont aucun mal à rassembler les gamins du coin pour composer les équipes et s'offrir des parties endiablées. Ils sont capables de passer des heures sur ce petit terrain qui domine les vignes, à se faire des films : « On imaginait que l'on participait à des Coupes du monde ou à des Ligues des champions. Chacun avait son équipe et il fallait réussir un maximum de reprises. Quand on marquait, on essayait de célébrer notre but de la manière la plus originale possible. On était en 2002, alors on imitait la danse des Sénégalais qui venaient de battre la France. Antoine aimait bien faire des glissades à la Thierry Henry ou Fernando Torres », se remémore Jean-Baptiste Michaud.

Pas sûr que les parents soient toujours au courant des frasques de leurs enfants. Pourtant, les familles sont proches et se côtoient régulièrement. « On se connaissait très bien car les papas étaient aussi des footeux de Mâcon, poursuit l'ancien président Serge Rivera. Et les enfants étaient toujours fourrés les uns chez les autres. Antoine a passé de nombreuses journées à la maison, à sauter dans la piscine. C'était un fantaisiste, un comique. Un gamin vraiment gentil et drôle. »

Dans la demeure plus modeste des Gautriats, il y a souvent de l'agitation aussi. Quand Antoine ne se prend pas pour Pavel

Nedvěd[1] dans le long couloir de la maison qu'il utilise aussi comme terrain de foot, il se retrouve dans sa chambre avec les copains à échanger les vignettes Panini ou à jouer sur la console. Les murs sont remplis de posters. « Il aimait tellement Nedvěd qu'il avait copié sa coupe de cheveux. Il adorait aussi Zidane, mais son idole était vraiment David Beckham[2]. Il aimait son coup de patte et surtout son élégance sur et en dehors du terrain. Il avait son maillot de Manchester United », assure Stéphane Rivera. Dans sa chambre, quelques photos traînent… Sur l'une d'elles, on le découvre souriant assis au stade Vélodrome avec un

1. Le Tchèque Pavel Nedvěd est un ancien milieu de terrain offensif, sacré Ballon d'or en 2003. Il a évolué notamment en Italie sous les couleurs de la Lazio de Rome et de la Juventus de Turin.
2. David Beckham est un ancien footballeur international anglais ayant évolué au poste de milieu de terrain à Manchester United, au Real Madrid, à l'AC Milan, au Los Angeles Galaxy et au Paris Saint-Germain.

maillot jaune et bleu de l'Olympique de Marseille sur le dos. « Au départ, il aimait bien l'OM, comme moi, poursuit Jean-Baptiste Michaud. Mais c'est vrai qu'à force d'aller au stade de Gerland avec son père, il a commencé à soutenir l'Olympique lyonnais. »

La famille a bien compris qu'Antoine n'avait qu'une idée en tête : vivre un jour de sa passion. Ses proches tomberont d'ailleurs des années plus tard sur des rédactions et des dessins où le cadet s'imagine déjà footballeur professionnel, donnant des interviews à la télévision…

GRIEZMANN

7

CHAPITRE 4

Trop frêle

★★

« Le titre et la montée en National pour les 13 ans de Ligue de l'UFM », écrit *Le Journal de Saône-et-Loire*, qui accorde près d'une demi-page à l'exploit. Le quotidien détaille la saison 2003-2004 des jeunes Mâconnais, champions de Bourgogne sans la moindre défaite et avec seulement deux matchs nuls. Le compte rendu est accompagné de deux clichés. En bas de page, on retrouve les deux entraîneurs Belver et Comas et, au centre de l'article, une photo d'équipe. Antoine fait partie de la quinzaine de joueurs immortalisés pour la circonstance. Il est accroupi au premier rang et tient le ballon du bout des doigts. Il est facilement reconnaissable avec sa chevelure blond décoloré. « Il était en première année, découvrait le foot à onze et était encore tout petit. Son comportement était irréprochable, commente Thierry Comas. Il ne disait pas un mot et, à l'issue des séances, il aidait toujours à récupérer le matériel. Mais si, techniquement, il était intéressant, sa taille était un vrai handicap. Quand vous faites 1,40 m et que les autres mesurent vingt à trente centimètres de plus que vous, c'est injouable. »

Le constat de Christophe Grosjean, qui a accompagné la génération 1991 des benjamins à la catégorie des moins de 13 ans, est identique : « La technique était toujours là et, sur des éclairs, il pouvait éliminer n'importe qui. Mais son manque de physique se faisait encore plus ressentir sur un grand terrain. Ce n'était pas le plus petit, mais il était clairement dans la moyenne basse de l'équipe ; du coup, il terminait difficilement les matchs. Objectivement, à cette époque, je n'aurais pas misé une pièce sur la réussite d'Antoine. »

Alain Griezmann n'a rien oublié du parcours du combattant mené par son fils lors de la saison 2004-2005. « Quand il avait 13 ans, c'était plutôt un petit rase-mottes par rapport aux autres, mais il s'en sortait toujours grâce à sa touche technique. Aujourd'hui, cela fait la différence ; à l'époque, cela n'était pas encore voyant. Antoine avait de la qualité, mais il y avait mille prétendants et peu d'élus. Il a fait beaucoup d'essais dans les centres de formation et chaque fois on le recalait parce qu'il avait une petite taille. Le rapport était toujours le même : techniquement très bon, mais trop petit. C'étaient les barèmes de la Fédération française. » C'est à cette époque que le père d'Antoine prend les choses en main et joue alors un rôle crucial dans le cheminement de la carrière du futur international français.

« Sans son père, pas sûr qu'Antoine aurait réussi », résument ceux qui l'ont côtoyé. « Quand j'ai su qu'il faisait des essais dans les centres de formation, assure l'un de ses anciens entraîneurs à l'UF Mâconnais, j'ai dit : "OK, mais, avec son déficit de taille, il va se faire allumer." » Durant cette année menée à cent à l'heure, Alain Griezmann est sur tous les fronts pour réaliser le rêve de son fils. Il est son entraîneur à la tête des U13 de l'UF Mâcon. Il est son chauffeur pour répondre aux différentes convocations. Il est aussi son confident durant les longues heures de route, et son réconfort à l'issue des nombreux échecs. Il est ce papa parfois seul contre tous à croire en la bonne étoile du fiston. Il tente sa chance successivement à Lyon, Saint-Étienne, Auxerre, Sochaux, Metz… Mais Antoine n'est pas retenu à l'OL, son club de cœur. Il ne voit jamais Saint-Étienne non plus. À Auxerre, il n'entre pas dans les profils types de joueurs recherchés. À cette époque, on aime bien les joueurs athlétiques. Sochaux finit par le convoquer, mais, malgré son potentiel, sa taille s'avère un frein. « Metz est le souvenir le plus pénible, raconte Antoine plus tard. Au début, j'essayais d'encaisser, je me faisais une raison et me disais que ce n'était pas grave de ne pas être pris dans tel ou tel centre de formation. Je pensais que cela marcherait au prochain essai. Et puis, au fur et à mesure, c'est devenu un peu plus difficile chaque fois, jusqu'à ne plus tellement avoir envie de me rendre aux essais suivants. Je savais que la réponse serait la même. » Après le refus du FC Metz, Alain et Isabelle Griezmann passent un long moment à réconforter le fiston, puis Théo et Maud prennent le relais pour divertir le frangin. Les copains jouent également un rôle crucial durant cette saison 2004-2005. Martin Voir, l'ami d'enfance, fait partie des soutiens privilégiés : « Il voulait devenir footballeur professionnel, alors, même s'il était déçu, il n'était jamais abattu. Il ne nous disait pas : "Je suis petit, je n'y arriverai pas." Non, son discours restait positif : "Vous verrez, les mecs, j'irai au bout. Je suis petit, eh bien, c'est comme ça ! J'y arriverai avec d'autres qualités que le physique et la taille." »

À 13 ans, le petit Grizi démontre une sacrée force de caractère. D'autant qu'il connaît un nouvel échec. Cette fois-ci au pôle Espoirs de Vichy, dans l'Allier. En avril 2005, Antoine arrive fatigué par les nombreux essais dans les clubs professionnels. Il se montre à son avantage dans les jeux réduits et les oppositions à onze, mais il est à la traîne sur les tests d'endurance et les parcours chronométrés. Il termine bon dernier en vitesse sur 40 mètres. Il est recalé d'entrée. Les portes du pôle Espoirs de Vichy se referment brutalement. Un autre refus, tout aussi cuisant que ceux qu'il a rapportés de Lyon, de Saint-Étienne, d'Auxerre, de Sochaux et de Metz.

GRIEZMANN

7

CHAPITRE 5

Le tournoi qui change tout

★★

Et voilà la rencontre qui change tout. Du 5 au 8 mai 2005, Antoine est invité avec son ami Stevie Antunes, redoutable avant-centre dans son club de Mâcon, à participer avec Montpellier au tournoi international 13 ans du Camp des Loges. Cette 23e édition rassemble les meilleurs centres de formation du pays : le Paris Saint-Germain, Le Havre, Strasbourg, Lens, Lyon, Metz, Sochaux et Saint-Étienne sont au rendez-vous. Des équipes étrangères ont également fait le déplacement à Paris : le FC Thailand, le Spartak Moscou, le Feyenoord

Rotterdam, le FC Tokyo, le Borussia Mönchengladbach, le Sporting Braga et la Real Sociedad. Autant dire que c'est le moment de se mettre en valeur. Le long des mains courantes, de nombreux recruteurs ont sorti leur carnet de notes. C'est le cas d'Éric Olhats. L'homme d'une quarantaine d'années revient d'un voyage en Argentine. Avant de retrouver son domicile à Bayonne, il profite de son atterrissage dans la capitale pour venir jeter un œil au tournoi de Saint-Germain-en-Laye, où il flashe rapidement sur le Mâconnais : « Au moment où je me rends à la buvette, raconte-t-il, je passe devant le terrain et le gamin réalise un superbe geste technique. Antoine passait son temps par terre en raison de sa petite taille, mais sa fluidité technique m'a fait sentir que, si on la conjuguait à un aspect athlétique développé, cela pouvait donner quelque chose. »

Éric Olhats décide alors de prendre un maximum d'informations sur ce petit blondinet. Il assiste à tous ses matchs de poules face au Feyenoord Rotterdam, au Havre et aux Portugais de Braga, puis supervise la rencontre de classement entre Montpellier et le Paris Saint-Germain. C'est là qu'il repère un couple particulièrement attentif à la prestation d'Antoine.

« Bonjour, c'est votre fils, le petit blond ? demande-t-il aux parents de Stevie Antunes, qui sont venus soutenir les deux Mâconnais à Paris.

– Non, pas du tout. Le mien, c'est le brun. Celui qui joue avant-centre. Mais je connais bien aussi le petit blond. Il vient du même club que mon fils et ils sont tous les deux à l'essai pendant ce tournoi avec Montpellier », explique M. Antunes.

La discussion s'engage rapidement entre les deux hommes alors que les

Montpelliérains sont à la peine sur le terrain. Le recruteur a le temps de faire les présentations : il travaille pour le club espagnol de la Real Sociedad. Sa mission : prospecter dans les clubs français de la région et aussi un peu partout dans l'Hexagone.

« Cela vous intéresserait que j'emmène votre fils faire un essai en Espagne ? propose Olhats.

– Pourquoi pas ? répond le père, flatté, tout en saisissant la carte de visite de son interlocuteur. On va réfléchir, avec ma femme, mais il ne devrait pas y avoir de problème. »

Toujours sous le charme de Grizi, le recruteur ne relâche pas son marquage. Il profite d'un intermède pour aborder brièvement le garçon près du terrain. Il lui donne sa carte de visite et lui glisse un papier, dans la main ou dans la chaussette – selon les versions –, sur lequel il a noté :

Tu ne l'ouvres pas avant d'arriver chez toi ! Mais Antoine ne résiste pas très longtemps. Moins de deux heures plus tard, il déplie le papier. Sur le message, Olhats a écrit : *On aimerait que tu fasses un essai chez nous.*

« J'ai alors appelé mes parents qui étaient en vacances en Tunisie, raconte Antoine plus tard. Il a fallu attendre qu'ils rentrent à Mâcon et voient le papier pour qu'ils commencent à me croire. Au début, ma mère n'était pas trop d'accord. Et mon père était mitigé. J'ai beaucoup parlé avec ma mère et j'ai fini par la persuader. Je voulais tellement devenir pro. » L'échange téléphonique avec Éric Olhats finit de convaincre son père, qui accepte de recevoir l'agent. Une semaine plus tard, à Mâcon, Antoine Griezmann monte dans la voiture d'Éric Olhats. Sans son ami Stevie Antunes, qui n'a finalement pas été retenu, il file en direction de l'Espagne.

GRIEZMANN

7

CHAPITRE 6

Le temps des sacrifices

★★

Grizi débarque à la Real Sociedad pendant les derniers jours du printemps 2005. Dans le complexe sportif de Zubieta, il s'entraîne à trois ou quatre reprises avec la génération 1990.

« Ils nous ont dit qu'il venait pour une semaine et que nous devions voir si cela valait le coup de le faire revenir en fin de saison afin qu'il dispute un tournoi et quelques matchs amicaux avec sa catégorie, raconte Iñigo Cortés, l'éducateur des 14 ans. Ma première impression ? En dehors du jeu, ce qui frappait, c'était sa spontanéité. J'étais son entraîneur, mais il me traitait comme un coéquipier, il n'était pas timoré et il se comportait de la même manière qu'il jouait. Il était impertinent, mais sans jamais manquer de respect. Le premier jour, il s'est moqué de moi sous la douche… Il était désinvolte, vif et joyeux, sur et en dehors du terrain. Avant qu'il ne reparte sur Mâcon, j'ai donné mon avis, poursuit l'entraîneur. J'ai dit que c'était un garçon intéressant, même s'il était petit et très maigre, et que cela se ressentait vraiment quand il était face à quelqu'un de plus grand. J'ai dit qu'il fallait le rappeler et le revoir à l'œuvre. »

En juin, Antoine est invité cette fois pendant deux semaines au Pays basque. Il participe à six séances d'entraînement avec sa catégorie des 13 ans et dispute quelques matchs amicaux et un tournoi près de Bilbao. Le verdict tombe quelques jours plus tard : le Français est retenu pour intégrer les *Txuri Urdin*[1].

Le 16 août 2005, le gamin trop petit et trop frêle, recalé par les centres de formation des clubs français, lance ainsi son aventure avec la Real Sociedad, un club historique du football espagnol qui a connu son âge d'or dans les années 1980 en remportant le championnat et la Coupe du Roi. Antoine s'engage pour un an, et non pour trois, comme le souhaitait le club espagnol. Il préfère un contrat court qu'il aura la possibilité de résilier s'il ne se sent pas bien dans sa nouvelle vie. La Real s'engage à payer les dépenses : la nourriture et le logement, la scolarité, le transport et un billet d'avion par mois afin que ses parents puissent venir le voir. Il est logé chez Éric Olhats, à Bayonne, plutôt qu'à l'internat du club.

1. Les « Bleu et Blanc », surnom basque de l'équipe de la Real Sociedad.

Sa vie se résume alors à des allers-retours entre la France et l'Espagne, de Bayonne à Zubieta, de la maison d'Olhats au centre d'entraînement. Son quotidien est millimétré : école, déjeuner, devoirs, cinquante kilomètres en voiture, entraînement de 18 h 30 à 20 h 30, quatre ou cinq fois par semaine, et cinquante autres kilomètres pour rentrer à la maison alors qu'il est déjà 22 heures. Antoine a alors juste le temps de dîner et d'aller se coucher. Les journées sont interminables. Et le samedi ou le dimanche, il y a match. Dans cette vie menée à cent à l'heure, ce n'est pourtant pas la fatigue qui pèse le plus sur ses épaules, mais les coups de blues. Il suffit d'imaginer le quotidien d'un garçon de 14 ans exilé à huit cents kilomètres de sa ville natale, là où il a toujours vécu, loin de sa famille et de ses amis. Un adolescent qui vit chez un homme qu'il connaît à peine, avec d'autres jeunes de son âge qu'il n'a jamais vus ou presque. Qui va s'entraîner dans un pays qu'il ne connaît pas et dont il ne parle pas la langue, pour jouer dans un club dont il n'a vu les couleurs que lors de quelques matchs ou grâce à quelques photos. À Bayonne, Antoine a l'avantage de pouvoir étudier en France : il fréquente le collège Albert-Camus. Ses résultats ne sont pas fulgurants mais il obtiendra à sa plus grande joie le brevet des collèges. Ensuite, il s'inscrira au CNED afin de suivre une formation de commercial à distance. La journée, en dehors du collège, il y a d'innombrables choses à faire et diverses obligations occupent l'esprit et le cœur. Mais quand arrive la nuit, à l'heure d'aller au lit, les pensées d'Antoine vont constamment vers Théo, ce frère avec qui il partage un lien très fort, vers sa sœur, Maud, vers sa mère, Isabelle, et vers son père, Alain.

L'éloignement, l'absence, le manque, la séparation avec les membres de sa famille lui pèsent énormément. « Il nous appelait en pleurant : "C'est difficile, vous êtes loin, on ne peut pas se voir." On lui disait : "Il faut que tu joues ta carte à fond", raconte son ami d'enfance, Martin Voir. Pendant les vacances, on avait une à deux semaines ensemble. On avait l'âge d'avoir des petites bécanes et on prenait les scooters pour aller jouer au foot au stade de La Massonne… Il passait beaucoup de temps avec nous et on allait aussi souvent chez lui… Chaque fois qu'il repartait, les pleurs prenaient le dessus. » Le trajet qui mène Antoine jusqu'à l'aéroport de Lyon-Saint-Exupéry est long. Sur le chemin, les larmes coulent en abondance et, plusieurs fois, il n'a pas envie de prendre l'avion qui le ramène à sa nouvelle vie. Alain, son père, le pousse à ne rien lâcher, mais lui répète souvent : « Si tu veux rentrer à la maison, tu peux. Tu n'es pas obligé de rester à Bayonne. » Et le jeune Français n'est pas loin de baisser les bras, à deux ou trois reprises, pour retourner vivre définitivement à Mâcon. Éric Olhats aussi lui parle, pour tenter de le rassurer. Et, les soirs où le garçon est au fond du trou, il lui promet que, si cela dure, il le raccompagnera jusqu'à la maison de ses parents. Mais cela n'arrivera pas.

GRIEZMANN

7

CHAPITRE 7

Super Antoine

★★

Quatre lignes dans la rubrique Sport. « Antoine Griezmann, écrit *El Diario Vasco*, a participé hier à l'entraînement de l'équipe première. Martín Lasarte a convoqué pour la première fois dans le groupe professionnel l'attaquant français qui a évolué sur l'aile gauche lors de l'opposition. Griezmann, 18 ans, a intégré la réserve *txuri urdin* cet été après une belle saison dans les catégories de jeunes. »

Cc 30 juillet 2009, la Real Sociedad a lancé sa préparation estivale depuis quinze jours. Et Lasarte, le nouvel entraîneur uruguayen du club basque, est à la recherche d'un profil polyvalent, capable d'évoluer à la fois second attaquant et milieu de terrain. Le responsable du centre de formation lui propose de tester Antoine Griezmann, même si celui-ci n'a encore disputé aucun match avec la réserve. L'idée se révèle judicieuse…

Cette convocation en équipe première marque un tournant dans la carrière du jeune Français. Quatre années se sont écoulées depuis son arrivée en Espagne. Quatre années difficiles, mais il a bien fait de s'accrocher. L'été 2005 est magique : Antoine inscrit 5 buts lors de la période de présaison. Et le 6 septembre 2009, il fait ses grands débuts en championnat à 18 ans, 5 mois et 16 jours. La Real Sociedad accueille Murcie dans son stade d'Anoeta, lors de la 2e journée de deuxième division espagnole. Griezmann entre en jeu à la 73e minute sans se montrer dangereux. À l'issue d'un 0-0, il reçoit quand même l'ovation des supporters *txuri urdin*. Trois semaines plus tard, toujours à domicile, le Français décroche sa première titularisation.

Lors de la 5e journée, face à Huesca, il est préféré à Jonathan Estrada. Cette fois, il ne laisse pas passer sa chance : à la 38e minute, numéro 27 sur le dos, il profite d'un bon service d'Aranburu pour déclencher, du pied droit et de l'extérieur de la surface, une frappe tendue à mi-hauteur qui termine sa course au fond des filets. But ! Grizi se rue sans hésiter vers les tribunes, bras ouverts, comme s'il voulait enlacer les supporters qui s'avancent vers lui. De la main, il saisit son maillot et embrasse l'écusson blanc et bleu. Un geste fort pour célébrer son premier but en professionnel et remercier ce club qui lui a donné sa chance. À l'issue du match, il raconte sa joie aux micros des journalistes : « J'ai rêvé tellement de fois à de tels débuts, à ce but… Aujourd'hui, je l'ai fait… Je suis très heureux. »

Le lendemain, *AS*, le quotidien sportif madrilène, assure que le stade d'Anoeta « a assisté à la naissance d'une nouvelle étoile ».

Finalement, le 13 juin 2010, après trois années passées en deuxième division, la Real Sociedad officialise son retour parmi l'élite. Le club basque valide son accession en Liga à l'issue de la 41e et avant-dernière journée de championnat. Les *Txuri Urdin* s'imposent 2-0 face au Celta Vigo. À Anoeta, devant 32 000 spectateurs, Antoine tient le premier rôle. Trempé jusqu'aux os, épuisé, avec son maillot imbibé d'eau et le drapeau du Pays basque sur les épaules, le Français s'avance devant une meute de journalistes pour exprimer sa joie : « C'est un moment unique dans une vie. Il faut en profiter à fond. »

Antoine est la grande révélation de la saison. Il a conquis tout son monde grâce à sa fraîcheur, à ses 6 buts en 40 matchs joués et à ses célébrations. « C'était quelque chose de nouveau pour les supporters locaux. D'habitude, les joueurs basques font toujours le même geste, ils lèvent le poing en l'air, crient… et rien de plus. C'est un peu banal », assure un fan de la Real Sociedad.

Griezmann a bouleversé ces habitudes. Tout le monde a encore en mémoire la soirée du 9 janvier 2010. Lors de la 19e journée du championnat, l'équipe basque s'offre une balade face à Cadix. À la 90e minute de jeu, Antoine récupère la balle dans sa moitié de terrain, file à toute vitesse sur le côté droit, pénètre dans la surface de réparation et pique son ballon au-dessus du gardien adverse pour sceller le score à 4-1. Pour fêter son but… il plonge sans réfléchir dans une montagne de neige rabattue au bord de la pelouse, comme s'il sautait dans une piscine. « Il voulait faire quelque chose de marrant, se remémore Lasarte, avec le sourire. Mais je pense qu'il s'est quand même fait bien mal parce que la neige était vraiment dure, presque gelée. Antoine inventait quelque chose de nouveau à chaque match... »

Le jeune attaquant a déjà défrayé la chronique en novembre 2009 face au Recreativo Huelva. Après avoir trompé le gardien adverse, il bondit par-dessus les panneaux publicitaires pour s'asseoir sur une chaise et applaudir l'action rondement menée par ses coéquipiers. Petit, Grizi rêvait de pouvoir fêter un jour ses buts dans un stade plein à craquer. Et son rêve est devenu réalité. En à peine quelques mois, il est passé du statut de parfait inconnu à celui de titulaire indiscutable. Il est devenu la coqueluche des supporters de la Real Sociedad, qui lui ont trouvé un nouveau surnom : « Super Antoine ».

CHAPITRE 8

Aux bons souvenirs de la France

★★

Antoine a à peine le temps de savourer sa première année professionnelle marquée par l'accession en Liga que déjà un nouveau défi s'offre à lui : le championnat d'Europe U19 avec l'équipe de France, disputé en Normandie, durant le mois de juillet 2010.

Début mars, Antoine a été appelé pour la première fois avec les Tricolores à l'occasion de deux matchs amicaux face à l'Ukraine. Pour le clan Griezmann, si ce n'est pas une revanche, cela y ressemble quand même un peu. Snobée cinq ans plus tôt par les centres de formation français, la pépite de la Real

Sociedad s'apprête à retrouver les meilleurs joueurs tricolores de sa génération.

« C'était quand même un sacré pied de nez à la Fédération française, qui ne lui a jamais fait de cadeau. C'était aussi une vraie récompense pour tous les sacrifices consentis par la famille. Il était entré à la Real Sociedad par la petite porte, il revient au pays avec l'étiquette de l'Espagnol », raconte un proche.

Antoine garde ces considérations pour lui. Son parcours lui a appris l'humilité. Il sait aussi que, malgré sa récente expérience en deuxième division espagnole, il doit encore progresser pour faire son trou en équipe de France, où la concurrence en attaque est redoutable.

« Le premier jour de rassemblement, il est arrivé sur la pointe des pieds. Ce n'est pas facile de prendre le train en marche dans un groupe finaliste de l'Euro en U17 », raconte son coéquipier Sébastien Faure, ex-défenseur de l'Olympique lyonnais et des Glasgow Rangers. Mais le soir, au repas, « l'Espagnol » est déjà bien entouré, et plutôt à l'aise, lorsque ses partenaires se mettent à taper joyeusement leurs verres avec le dos de leurs couteaux. C'est l'heure du bizutage : un classique dans le football pour tout nouveau joueur qui intègre l'équipe. « Une chanson, une chanson, une chanson ! » reprend en chœur la petite assemblée. Antoine est un peu gêné, mais il s'exécute sans broncher. L'attaquant de la Real Sociedad se lève de sa chaise et le voilà parti pour chanter :

Para bailar la bamba
Para bailar la bamba
Se necesita una poca de gracia
Una poca de gracia
Para mi, para ti, ay arriba, y arriba
Ay arriba, y arriba
Por ti sere, por ti sere, por ti sere…

La Bamba : un classique… et un succès assuré. Ça rigole, ça siffle et ça frappe dans les mains. On reconnaît bien là le gamin espiègle, le roi de la blague et du contre-pied. L'interprétation est loin d'être parfaite, mais grâce à cette *Bamba* revisitée, Grizi a quand même marqué des points. Il lui reste maintenant à séduire sur le terrain…

C'est dans le département du Loiret qu'est fixé le premier match face à l'Ukraine, le 2 mars 2010. Au complexe du Petit Bois, à Saint-Jean-de-Braye, il n'y a pas la grande foule pour la première d'Antoine Griezmann sous le maillot bleu. Francis Smerecki, le sélectionneur français, veut voir son nouveau joueur sur la durée. Il lui accorde 90 minutes. La rencontre s'achève sans but (0-0) mais Smerecki est quand même conquis : « Il apporte vraiment un plus à l'équipe, une touche supplémentaire avec sa patte gauche. Avec Antoine, pas besoin d'expliquer dix fois les choses. Il a déjà une réelle maturité et on sent une grande marge de progression. »

Deux jours plus tard, les mini-Bleus retrouvent les U19 de l'Ukraine à Saint-Denis-de-l'Hôtel. À la 88e minute, Antoine récupère un ballon, arme son pied gauche et amorce une frappe plein centre qui surprend le gardien ukrainien. C'est son premier but en équipe de France. Ses coéquipiers se pressent pour le féliciter. Il vient de passer avec succès son premier test en bleu. Les portes du championnat d'Europe U19 s'ouvrent à lui…

Lors des premiers matchs de poules disputés à Caen et à Flers, les 17 et 21 juillet, l'attaquant est à chaque fois titulaire. Placé dans le couloir gauche, il participe aux succès contre les Pays-Bas (4-1) et contre l'Autriche (5-0). S'il reste muet face aux Néerlandais, il inscrit un doublé face à l'Autriche. La France, première de poule après un nul contre l'Angleterre, dispose ensuite de la Croatie (2-1) pour rejoindre la finale du tournoi.

Le 30 juillet, les mini-Bleus retrouvent l'Espagne, qui les avait humiliés deux ans plus tôt lors du championnat d'Europe U17. Ce France-Espagne, c'est le match d'Antoine. Il connaît la quasi-totalité des joueurs adverses. Étrangement, le numéro 7 est absent des débats durant les 45 premières minutes. Comme ses coéquipiers, il semble perdu sur le terrain. Incapable de faire les bons choix, dépassé, bousculé. À la pause, l'Espagne mène 1-0 après une frappe croisée du numéro 9 du Real Madrid, Rodrigo. Antoine regagne les vestiaires tête basse. Il semble dépité lorsqu'il s'engage dans le tunnel. Quinze minutes plus tard, il ne réapparaît même pas sur le terrain. Sa cheville le fait trop souffrir. Il est remplacé par un autre gaucher, Yannis Tafer. L'Euro s'arrête là pour lui… Enfin, pas tout à fait. Grâce à des buts de Gilles Sunu et Alexandre Lacazette, la France renverse l'Espagne pour s'imposer 2-1.

Avec ses claquettes et sa cheville douloureuse, le Mâconnais est le dernier à rejoindre la mêlée de joueurs qui s'est formée près du poteau de corner. Il a bien du mal, surtout, à retenir ses larmes. Trop d'émotions, de joies… De frustrations ? Il y a quelques mois, il était encore un oublié du foot français. Le voilà champion d'Europe des moins de 19 ans.

GRIEZMANN

7

CHAPITRE 9

Le Petit Diable

★★

Le 7 à la place du 27. À l'heure de découvrir la Liga, Super Antoine change de numéro. Il choisit le 7, comme son héros de jeunesse, David Beckham. Celui qu'il a toujours admiré pour sa classe naturelle et qu'il a toujours essayé d'imiter, de la coupe de cheveux aux tatouages, du look extravagant aux maillots à manches longues. Il lance la saison 2009-2010 avec un nouveau numéro et aussi beaucoup d'espoirs. « J'espère être le meilleur possible pour aider mon équipe à gagner des matchs et à se maintenir en première division », annonce le Français. Il est impatient de découvrir l'élite du football espagnol. Il va pouvoir se mesurer à Lionel Messi et à Cristiano Ronaldo. Il va pouvoir fouler les pelouses de Santiago-Bernabéu à Madrid et du Camp Nou à Barcelone. Mais c'est sur son terrain fétiche d'Anoeta qu'il inscrit son premier but chez les grands, avec en prime une célébration inoubliable…

Le 25 octobre 2010, les *Txuri Urdin* reçoivent le Deportivo La Corogne. À la 70e minute, Martínez distille un centre en plein cœur de la surface de réparation. Le blondinet s'élève dans les airs et propulse de la tête le ballon au fond des filets. Il se met ensuite à courir vers le poteau de corner, appelle ses coéquipiers, saute par-dessus les panneaux publicitaires et part s'asseoir au volant d'une berline garée sur la piste d'athlétisme. Et le voilà qui fait semblant de conduire, accompagné de ses acolytes. « Je suis l'enfant le plus heureux du monde, confesse Antoine. J'avais préparé cette célébration depuis un moment, j'avais demandé à ce qu'on m'ouvre les portes de la voiture et à ce que mes coéquipiers me rejoignent à l'intérieur. » Une fois de plus, le Français surprend tout le monde. Ce but contre le Deportivo est suivi de six autres en championnat et de deux en Coupe du Roi. Le promu basque achève la saison à la quinzième place de la Liga. L'objectif de maintien est atteint, mais Antoine piaffe d'impatience.

« J'ai pris ma décision, je veux aller à l'Atlético de Madrid, qui dispute régulièrement des coupes européennes. Je veux progresser et je rêve d'évoluer en équipe de France. En changeant de club, c'est le meilleur moyen d'y arriver. Surtout que je pourrai jouer avec de grands joueurs à l'Atlético. » Le 4 août 2011, alors qu'il est en pleine Coupe du monde U20 en Colombie, Antoine exprime pour la première fois son envie de quitter la Real Sociedad.

Cette interview accordée à *L'Équipe* n'est pas du goût de ses dirigeants et des supporters basques. Le nouvel entraîneur Philippe Montanier n'a pas non plus l'intention de voir filer si vite son jeune attaquant : « Je compte sur Antoine pour la saison, mais avant cela je lui souhaite de remporter le Mondial U20 avec la France. » Le 25 août, Griezmann retrouve le centre d'entraînement de Zubieta sans médaille ni titre de champion du monde. Les Bleuets ont terminé quatrièmes après une défaite 2-0 en demi-finale face au Portugal.

À son retour au club, Antoine revient sur ses déclarations. Il assure n'avoir jamais dit qu'il souhaitait partir de la Real Sociedad. Plusieurs journalistes l'ont écrit, mais ses

propos ont été déformés. L'intérêt de l'Atlético pour le Français est pourtant indéniable et le club madrilène finira par avoir gain de cause trois ans plus tard. Mais avant de quitter le Pays basque, Grizi assure encore le spectacle pendant trois saisons sous le maillot bleu et blanc. L'occasion de vivre des moments mémorables avec son club formateur et l'équipe de France, où il est tour à tour le Petit Diable, le père Noël, un gamin ou un buteur d'exception.

1er juin 2013. Antoine signe le succès 1-0 sur le terrain du Deportivo La Corogne lors de la 38e et dernière journée de Liga. Son but offre à la Real Sociedad la quatrième place du championnat, synonyme de tour préliminaire de la Ligue des champions. Après dix ans d'attente, les *Txuri Urdin* retrouvent l'Europe. À Saint-Sébastien, Antoine a un nouveau surnom : le « petit diable ». « Un petit diable sympathique, généreux, enthousiaste, explique son entraîneur Philippe Montanier. Il a toujours le sourire aux lèvres. Il met ses coéquipiers de bonne humeur, car c'est quelqu'un d'agréable, de spontané, toujours prêt à rire ou à plaisanter. Dans le vestiaire, c'est un vrai spectacle de le voir danser, imiter des rappeurs ou des chanteurs à la mode. Et tout cela n'enlève rien au fait que c'est un joueur exemplaire, un grand travailleur, sérieux et très apprécié de tous. »

20 août 2013. L'Olympique lyonnais et la Real Sociedad entrent sur la pelouse de Gerland devant 40 000 spectateurs. C'est le barrage aller de la Ligue des champions. À la 16e minute, son nouvel entraîneur Jagoba Arrasate est aux premières loges pour assister à l'exploit de son numéro 7. « Le centre de Carlos Vela n'est pas très dangereux, mais Antoine parvient à en

faire quelque chose d'exceptionnel, se souvient le successeur de Montanier. Grizi s'élève dans les airs avec une telle beauté, une telle harmonie et une parfaite agilité pour reprendre ce ballon du pied gauche et le frapper dans le but ! C'est l'un des plus beaux buts qu'il ait marqués. »

19 décembre 2013. Plus que six jours avant Noël. À Zubieta, la Real prépare son dernier match de l'année. Le père Noël est en chemin. Avec sa longue barbe blanche, son costume et son bonnet rouge flamboyant, le vieux briscard s'infiltre dans les vestiaires, en silence et en cachette, muni d'un sac rempli de cadeaux. Il y en a un pour chaque membre de l'équipe première, sans oublier les intendants et les entraîneurs. Oui, Antoine Griezmann a décidé d'enfiler la tunique de l'homme que tous les enfants du monde attendent avec impatience le soir de Noël. C'est l'idée d'Antoine pour remercier ceux qui l'aident à accomplir sa plus belle saison. Il a déjà inscrit 10 buts en championnat et, le 17 mai, lors de la dernière journée de Liga 2013-2014, il en compte 16 en championnat et 20 toutes compétitions confondues. À 23 ans, il a mûri dans son jeu et dans

sa vie privée, qu'il partage depuis 2011 avec Erika Choperena. « Elle m'a rendu meilleur, que ce soit à la maison ou sur le terrain », confesse-t-il. Le tricolore réalise même son rêve d'enfant durant l'été : il participe à la Coupe du monde 2014 au Brésil, pays du football.

30 juin 2014. La France s'incline 1-0 devant l'Allemagne au stade Maracanã de Rio de Janeiro. Les Bleus sont éliminés en quart de finale par la *Mannschaft*[1] de Joachim Löw. Au coup de sifflet final, Antoine a le visage enfoui dans son maillot bleu. Il pleure comme un gamin. Varane, Sissoko, Mavuba, Rémy et même le capitaine, Hugo Lloris, viennent tour à tour le réconforter, mais il est inconsolable. Il y a la rage et la frustration, car la France avait les moyens de rejoindre le dernier carré de la compétition. « On pouvait les manger,

1. Surnom de l'équipe nationale d'Allemagne.

regrette le jeune attaquant un peu plus tard. On ne vit qu'une fois dans sa vie une Coupe du monde au Brésil, mais cela a été un véritable bonheur de découvrir les Bleus de l'intérieur et un bon apprentissage pour la suite... »

GRIEZMANN

7

CHAPITRE 10

Adieu Real, bonjour Atlético

★★

« Quand je suis arrivé au club, je n'avais pas encore 13 ans et vous m'avez ouvert les portes de votre maison. J'y ai passé dix ans incroyables. Je suis arrivé comme un enfant et je repars comme un homme. Vous avez été les premiers et même les seuls à croire en moi. Mes débuts à la Real n'ont pas été faciles. Après plusieurs années au centre de formation, grâce à beaucoup de travail et de sacrifices, je suis parvenu à atteindre l'équipe première avec pour seul objectif de jouer au plus haut niveau. Une fois de plus, grâce à votre soutien inconditionnel, j'ai réussi. Aujourd'hui, je peux juste vous remercier pour tout, de m'avoir aidé à mûrir, de m'avoir enseigné tout ce que je sais et de m'avoir permis de réaliser mon rêve : vivre de ma passion, le football. Après avoir fait de mes rêves une réalité, à savoir accéder à la première division et disputer la Ligue des champions avec mon club formateur, j'avais besoin de me fixer de nouveaux objectifs, de me lancer de nouveaux défis. Cet été, l'Atlético m'a offert cette opportunité. Et je vais faire mon maximum pour l'honorer. Croyez-moi, même si je ne porte plus le maillot *txuri urdin* et que je ne vis plus à Saint-Sébastien, je ne pourrai jamais oublier ce que j'ai vécu ici. »

Cette lettre est dévoilée le 28 juillet 2014. Il est 19 heures, au centre d'entraînement, lorsque Antoine reprend ce discours et le récite de tête, presque mot pour mot, au cours d'une conférence de presse improvisée. Après 10 ans, 5 saisons chez les professionnels, 202 matchs joués et 53 buts inscrits, le Français quitte le nid où il a grandi.

Au lendemain de ses adieux à la Real Sociedad, Antoine Griezmann signe un contrat de six ans avec l'Atlético, le liant au club de Madrid jusqu'au 30 juin 2020. « L'Atlético, c'est un grand club, avec un grand projet. C'est le champion en titre en Liga et le finaliste de la dernière Ligue des champions. Je n'ai pas hésité une seule seconde au moment où j'ai reçu leur offre », confesse la nouvelle recrue.

Le 31 juillet 2014, peu après 20 heures, sous un soleil de plomb et une chaleur étouffante, le Français grimpe les marches qui mènent à la pelouse du stade Vicente-Calderón. Il endosse le maillot aux bandes rouges et blanches, flanqué du numéro 7 dans le dos. Six mille supporters ont pris place dans les gradins du premier anneau. Ils sont venus munis de banderoles, de drapeaux tricolores et de fumigènes afin d'accueillir comme il se doit le jeune homme dans sa nouvelle maison. Griezmann se met à jongler comme un magicien, balle au pied, pour la plus grande joie des photographes. Et, pendant qu'ils immortalisent l'instant, il enchaîne les selfies devant la tribune. Seul dans un premier temps, puis avec tous les fans en arrière-plan. Il leur demande même de prendre la pause et de se resserrer pour qu'ils puissent tous apparaître dans le cadre. Il sourit, lève son index et son majeur en signe de victoire, et prend la photo.

L'ancien chouchou d'Anoeta fait ses débuts avec les *Colchoneros*[1] le 10 août 2014, sur le terrain du Wolfsburg, en Allemagne,

---

1. « Les Matelassiers », surnom donné aux joueurs de l'Atlético Madrid.

pour un match de gala. Un mois plus tard, en Grèce, face à l'Olympiakos, il signe son premier but sous le maillot blanc et rouge lors de la première journée de Ligue des champions. Le numéro 7 de l'Atlético doit patienter ensuite jusqu'au 22 octobre pour faire trembler à nouveau les filets. Toujours en Ligue des champions, il inscrit le troisième des 5 buts face aux Suédois de Malmö. Dix jours plus tard, le 1er novembre, il plante cette fois son premier doublé lors d'un duel à domicile face au FC Córdoba en championnat. Dans n'importe quelle autre équipe, Griezmann aurait alors acquis un statut de titulaire indiscutable. Mais pas à l'Atlético, et encore moins sous les ordres de l'entraîneur argentin, Diego Simeone. « *El Cholo* » continue de lui faire gravir les échelons un à un, le laissant patienter sur le banc de touche, avant de lui faire passer les portes du paradis en le faisant entrer en jeu. Il ne le considère pas encore comme un titulaire. Antoine a du mal à digérer la rude préparation physique concoctée par Óscar Ortega. « Au début, raconte-t-il, j'avais du mal à respirer et les jambes me pesaient. J'étais surpris par l'intensité et par la concentration que demandaient le préparateur physique et le coach aux entraînements. À la Real, j'étais habitué au toro, à la possession de balle et aux éclats de rire. À l'inverse, au Cerro del Espino [le centre d'entraînement de l'Atlético], il fallait courir jusqu'à n'en plus pouvoir. Pour moi, tout était nouveau, aussi bien au niveau du travail physique que tactique. Il m'a fallu du temps pour m'adapter aux exigences de l'Atlético et pour y trouver ma place. »

Le 23 mai 2015, le rideau tombe sur la 84e édition du championnat espagnol. L'Atlético termine à la troisième place, à seize points du champion, le FC Barcelone, et à quatorze de son dauphin, le Real Madrid. En Coupe du Roi, les *Blaugrana*[1] ont éjecté les *Colchoneros* en quarts de finale alors que les *Merengue*[2] se sont occupés de les éliminer au même stade en Ligue des champions. Pas de titre, donc, pour la nouvelle équipe du Français. Grizi est d'ailleurs le seul à rapporter un trophée à la maison. Le 29 mai, il décroche le Onze d'or, prix décerné par le magazine *Onze Mondial* au meilleur joueur français de l'année. Avec 42 % des voix, il devance Paul Pogba (26 % des suffrages) et Alexandre Lacazette (23 %). Ses 22 buts en Liga (25 toutes compétitions confondues, avec une réalisation en Coupe du Roi et deux en Ligue des champions) lui permettent également

1. « Les Bleu et Rouge », surnom donné aux joueurs du FC Barcelone.
2. « Les Meringues », surnom donné aux joueurs du Real Madrid.

de terminer sur le podium des meilleurs buteurs du championnat espagnol, loin derrière les intouchables Cristiano Ronaldo (48 buts) et Lionel Messi (43 buts).

CHAPITRE 11

Échecs

★★

Le penalty… une maudite invention de l'Irlandais William McCrum. Ce gardien de but et membre de la Fédération irlandaise de football a eu cette idée en 1890, lorsqu'il jouait pour Milford Everton. Il voulait préserver l'esprit du jeu des trop nombreuses fautes de main ou de pied qui étaient commises à proximité des buts. Un an plus tard, le 2 juin 1891, dans un hôtel de Glasgow, la règle du penalty est ajoutée aux lois du jeu qui régissent le football.

Cent trente-deux ans plus tard, le penalty est toujours d'actualité. Tiré à onze mètres de la cage, il effraye toujours autant les joueurs, les supporters et les capitaines. Sur un penalty, une équipe peut vivre ou mourir, gagner ou perdre. C'est pour cela qu'il faut du courage pour tirer un penalty. Et plus encore lors d'une finale de Ligue des champions.

Le 28 mai 2016, le Real Madrid et l'Atlético se disputent la couronne européenne au stade San Siro de Milan. Les *Merengue* ouvrent le score à la 15e minute. Mais, en tout début de seconde période, Pepe commet une faute dans la surface de réparation sur Fernando Torres. L'arbitre siffle et indique le point de penalty. Antoine Griezmann s'avance pour exécuter la sentence. Le numéro 7 est l'un des artisans de l'excellent parcours de l'Atlético dans cette compétition. À 25 ans, le Français est devenu le joueur que souhaitait son entraîneur, Diego Simeone : un footballeur tout-terrain, véloce, capable de défendre, de presser, d'attaquer, de travailler pour l'équipe, de faire de la surface de réparation adverse son territoire, d'être décisif lorsqu'il s'agit de mettre le ballon au fond des filets.

Cette saison 2015-2016 a ainsi été fantastique : il a inscrit 22 buts en 38 matchs de Liga, trois en Coupe du Roi et sept autres en treize rencontres de Ligue des champions. Le jeune homme est également comblé hors des terrains de football. Le 8 avril 2016, il a reçu le plus beau des cadeaux : la naissance de sa fille Mia.

Oui, la vie sourit à Griezmann… jusqu'à cette 47e minute de jeu face au Real Madrid. Antoine a le ballon entre les mains. Il le pose délicatement sur le point de penalty, à onze mètres des buts adverses. Keylor

Navas, le gardien costaricien du Real Madrid, a déjà reçu un carton jaune, mais il n'hésite pas à faire le clown pour tenter de le perturber. Le numéro 7 des Rouge et Blanc prend un peu d'élan, s'élance et tire du gauche. « Bam ! » Le cuir vient s'écraser sur la barre transversale.

Sa réaction est indescriptible. Il est hébété, perdu, le regard vide, plongé dans le néant. « Pendant au moins une semaine, je n'ai pas réussi à chasser ce penalty de mes pensées. Je l'ai tiré et retiré tellement de fois, avoue l'attaquant. Je suis convaincu que si j'avais marqué, nous aurions gagné la Ligue des champions. »

La finale se joue aux tirs au but après l'égalisation de Yannick Carrasco à la 79e. Il faut du courage pour tirer un penalty. Il en faut encore plus quand on reste sur un échec. Antoine lance la série de l'Atlético. Il s'empare du ballon, le pose sur le rond blanc et ne le quitte pas du regard. Le gardien part d'un côté, le ballon de l'autre : 1-1. Facile. Cette fois, cela a été un jeu d'enfant de venir prendre en défaut ce gardien de but qui lui avait fait si peur lors de sa première tentative. Mais, ensuite, le sort ne dépend plus de lui : son coéquipier Juanfran envoie le ballon sur le poteau. Cristiano Ronaldo, le numéro 7 des *Merengue*, ne manque pas la balle de match. Le Portugais trompe sans trembler le gardien des *Colchoneros*. « Antoine se met à pleurer et nous nous effondrons tous », raconte son frère Théo, qui a pris place dans les tribunes de San Siro en compagnie des autres membres de la famille.

Le 10 juillet 2016, Antoine a quand même la possibilité de passer au-dessus de cette énorme déception. Il dispute cette fois la finale du Championnat d'Europe de football avec les Bleus. La France a tracé sa route dans le tableau final à vingt-quatre équipes, déjoué les pièges de la Roumanie, de l'Albanie et de la Suisse, évité un traquenard face à la république d'Irlande, calmé les ardeurs de l'Islande et surtout maté le maître du monde, l'Allemagne. Au Stade de France, il n'est pas question cette fois de manquer la dernière marche contre le Portugal. Pour aller chercher ce troisième titre dans la compétition, après ceux de 1984 et de 2000, l'équipe de France compte sur un homme : Antoine Griezmann. « Il était arrivé sur les rotules, touché psychologiquement par la défaite en finale de Ligue des champions, raconte Vincent Duluc, l'une des plumes de *L'Équipe*. Et nous étions beaucoup à nous inquiéter de son état de forme après le match contre la Roumanie. Mais contre l'Irlande, il est revenu à son meilleur niveau, et contre l'Allemagne, il s'est transcendé comme seuls les grands joueurs savent le faire dans ce genre d'événement. Alors oui, avant la finale, il était l'atout numéro un de l'équipe de France. »

Cette finale est aussi la sienne parce qu'en face se dresse le Portugal. Le pays de ses origines maternelles, la terre de son grand-père Amaro et l'équipe de Cristiano Ronaldo. « La star galactique d'un côté, l'étoile montante de l'autre », résument les médias. Mais le duel des numéros 7 tourne

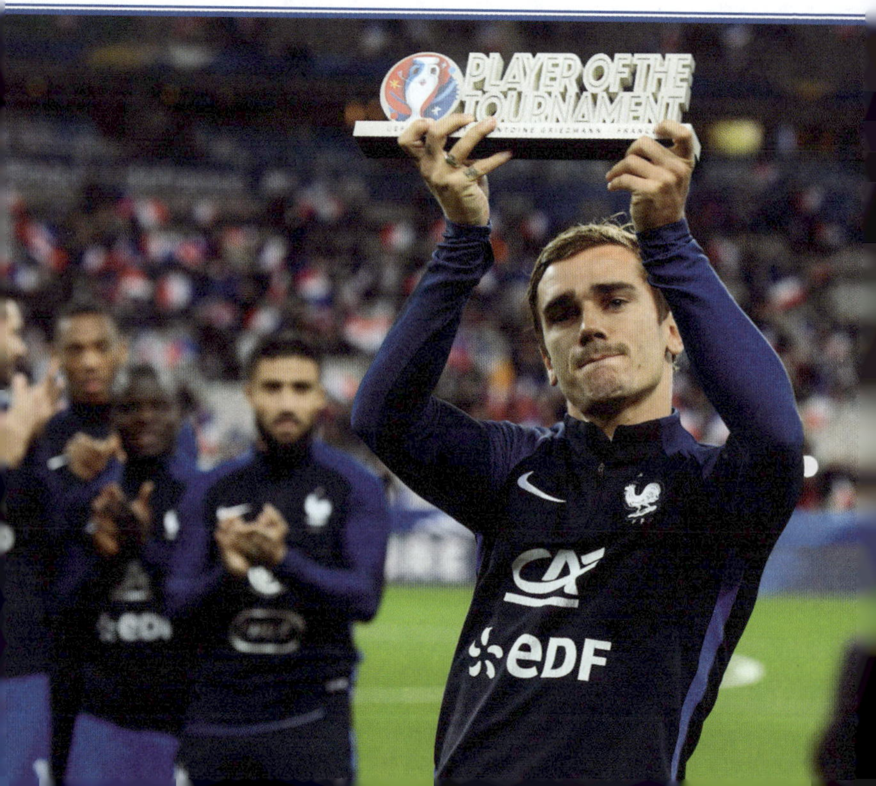

court : au quart d'heure de jeu, Ronaldo s'allonge en larmes sur la pelouse de Saint-Denis. Il est remplacé sur blessure par Quaresma. Cela n'empêche pas les Portugais de venir troubler la fête. À la 109e minute, Éder inscrit le but de la victoire durant la prolongation. Portugal 1 - 0 France.

Antoine est passé à côté de sa finale, ce n'est pas le seul, mais il n'a pas été au niveau. Malgré l'échec, il est élu meilleur joueur de l'Euro 2016. Il termine également meilleur buteur du tournoi avec six réalisations. Maigre prix de consolation… Un mois après la finale de la Ligue des champions, pour Antoine, c'est encore un raté.

GRIEZMANN

7

CHAPITRE 12

Les trophées et l'étoile

★★

21e minute : à la suite d'un mauvais dégagement de Steve Mandanda et d'un contrôle manqué d'Anguissa, Grizi punit le gardien de l'OM sur une frappe du pied gauche. 1-0.

49e minute : servi cette fois par Koke, Antoine s'infiltre dans la surface adverse pour doubler la mise d'un ballon piqué. 2-0.

89e minute : Gabi enfonce le clou d'une frappe croisée à l'intérieur de la surface. 3-0.

À Lyon, le 21 mai 2018, l'Atlético Madrid signe une démonstration de réalisme lors de la finale de la Ligue Europa contre l'Olympique de Marseille. Griezmann remporte enfin un titre après deux échecs en 2016. Il savoure ce premier sacre européen en compagnie de toute la famille réunie autour du trophée. Le Français est désigné « homme du match » après son doublé qui porte à 29 son total de buts durant la saison. Tout n'a pas été parfait sous le maillot des *Colchoneros*, mais ce premier sacre démontre qu'il a bien fait de ne rien lâcher : « C'est une récompense pour tous mes efforts depuis que je suis parti à 14 ans de la maison. Beaucoup de travail, de souffrance, de joie et de tristesse. Ce soir, je suis très heureux. On va profiter, bien fêter ça, et penser au Mondial. »

Moins d'un mois plus tard, la France entame sa campagne dans la Coupe du

monde en Russie. Le 16 juin 2018, à Kazan, face à l'Australie, les Bleus viennent à bout difficilement des Kangourous grâce à la VAR (assistance vidéo à l'arbitrage) et à la *goal-line technology* (ou technologie sur la ligne de but). À la 58e minute, la faute de Josh Risdon sur Antoine Griezmann échappe à l'arbitre. Alerté de son erreur,

Andrés Cunha visionne les images sur un moniteur au bord du terrain avant de siffler le premier penalty par arbitrage vidéo de l'histoire du Mondial. Le Mâconnais se fait justice. 1-0. Les Australiens reviennent à hauteur des Bleus en bénéficiant à leur tour d'un penalty. Mais la France arrache la victoire, dans les dix dernières minutes, avec l'aide cette fois de la *goal-line technology* : après un duel entre Paul Pogba et Aziz Behich, le ballon lobe le gardien australien, heurte la transversale et rebondit quelques centimètres derrière la ligne blanche. L'arbitre valide le 2-1 avec l'aide de sa montre connectée. Deux matchs plus tard, la France s'adjuge la première place du groupe C, après une seconde victoire sur le Pérou – but de Kylian Mbappé – et un 0-0 soporifique contre le Danemark.

Depuis le début du tournoi, Griezmann est en retrait, loin de son statut de joueur clé. Mais ses coéquipiers gardent toute confiance en lui. « Je pense que les matchs à élimination directe sont faits pour lui », prédit son capitaine, Hugo Lloris.

Le samedi 30 juin, en huitième de finale, c'est encore Mbappé qui occupe le haut de l'affiche. L'attaquant de 19 ans renvoie à la maison l'Argentine de Lionel Messi. Sur le terrain de Kazan, le phénomène du Paris Saint-Germain laisse sur place les défenseurs de l'*Albiceleste*[1]. Son doublé provoque l'admiration de la planète football qui voit déjà en lui le successeur du roi Pelé. Et Antoine ? L'attaquant des *Colchoneros* est cette fois au rendez-vous. Certes, il n'est pas aussi étincelant que la pépite de Bondy, mais il mène la danse et se comporte en véritable métronome. Dès la 9e minute, le joueur de l'Atlético envoie un coup franc sur la transversale. Puis, quatre minutes plus

1. Surnom de l'équipe nationale argentine.

tard, il ouvre le score sur penalty après une faute de Rojo sur la mobylette Mbappé. Grizi signe un contre-pied parfait en frappant sur la gauche du gardien argentin. Ce huitième de finale à rebondissements se termine sur le score prolifique de 4-3. Lionel Messi quitte la compétition tête basse tandis que la génération Griezmann-Mbappé commence à rêver du trophée. Pour cela, il faut d'abord écarter l'Uruguay de Diego Godín en quarts de finale. « Diego est un grand ami, je suis tous les jours avec lui à Madrid, explique Antoine. C'est le parrain de ma petite fille. »

Griezmann adore l'Uruguay, mais le 6 juillet, à Novgorod, il ne fait aucun sentiment face à son pays de cœur : à la 61e minute, il offre sur coup franc le premier but à Raphaël Varane. Un peu plus tard, il enfonce le clou sur une frappe à l'entrée de la surface. Le gardien uruguayen est pourtant sur la trajectoire, mais il se troue complètement. Par respect pour ses adversaires, Antoine ne célèbre pas son but.

La demi-finale s'annonce plus délicate. La Belgique est au sommet de son art grâce à la magie tactique de son sélectionneur espagnol, Roberto Martínez, et de son adjoint, un certain Thierry Henry. Contre la France, les Diables Rouges affirment rapidement leurs intentions. Eden Hazard est intenable, contrairement à Mbappé, parfaitement muselé, et à Griezmann, qui n'est pas dans son meilleur jour. Mais les Bleus s'appuient sur leur défense. C'est le Barcelonais Samuel Umtiti qui délivre les siens. Sur un corner frappé par Antoine, « Big Sam » expédie le ballon au fond des filets, six minutes après le retour des vestiaires. La suite ? Tous les Bleus se regroupent en défense pour protéger leur avantage. À l'italienne, ou à la madrilène façon Atlético de Diego Simeone, la France

verrouille à double tour pour rejoindre la finale à Moscou.

Le dimanche 15 juillet 2018, au stade Loujniki, Griezmann est le grand artisan du succès contre la Croatie. D'ailleurs, la FIFA le désigne logiquement « homme du match ». Comme Zidane le 12 juillet 1998, il transcende son équipe. Le numéro 7 s'affirme en capitaine quand le bateau tangue sur les assauts menés par le stratège Luka Modrić. Au sortir du premier quart d'heure, il frappe un coup franc dévié par Mario Mandžukić dans ses propres filets. Vingt minutes plus tard, il redonne un peu d'air à la France après l'égalisation d'Ivan Perišić. Sur un nouveau penalty, il ne se laisse pas intimider par les manœuvres de Subašić et signe son quatrième but de la compétition, le troisième dans cet exercice. Ses compères, Pogba et Mbappé, prennent le relais et font à leur tour trembler les filets : 4 à 2, score final. Les larmes coulent et la fête bat son plein, sous le déluge de Moscou comme sous le soleil de Paris. Antoine rêvait de soulever le trophée de la Coupe du monde, il l'a fait. Il voulait une deuxième étoile sur son maillot, il l'a décrochée. Et c'est un Grizi tout sourire,

trempé par une pluie diluvienne, qui de l'index montre à la foule les deux étoiles apposées sur son nouveau maillot. À 27 ans, il est champion du monde.

GRIEZMANN

7

CHAPITRE 13

FC Barcelone

★★

Le 12 juillet 2019, à 15 h 12, le FC Barcelone officialise l'arrivée d'Antoine Griezmann. Une page se tourne pour le Français. Après 5 saisons, 257 matchs officiels et 133 buts, il quitte l'Atlético Madrid. Grizi signe un contrat de cinq ans avec les *Blaugrana* et franchit une étape supplémentaire dans sa carrière : à 28 ans, il rejoint l'un des plus grands clubs de la planète, où il espère partager la tête d'affiche avec le dieu vivant du football mondial, Lionel Messi.

L'enfant de Mâcon n'arrive pourtant pas en terrain conquis. Les supporters catalans n'ont pas encore digéré sa volte-face l'année précédente où il avait décidé au dernier moment de rester fidèle à l'Atlético. La concurrence est également beaucoup plus forte au Barça : il va devoir faire sa place dans un vestiaire rempli de stars.

Barcelone lance la saison 2019-2020 sur le terrain de Bilbao. Et cela commence mal. Le Barça est battu 1-0. La recrue française à 120 millions d'euros est déjà pointée du doigt. Certains regrettent encore le départ, deux ans plus tôt, de Neymar au PSG, d'autres ne peuvent s'empêcher les comparaisons avec Messi. Le 25 août, devant son nouveau public du Camp Nou, le Français fait pourtant taire ses détracteurs. En l'absence de Messi et de Luis Suárez, il est élu « homme du match ». Il inscrit les deux buts de la victoire face au Betis Séville et célèbre son doublé en lançant en l'air des confettis bleus et rouges à la manière de LeBron James, son idole en NBA. Mais la célébration passe mal dans le vestiaire catalan. Pour se moquer, certains coéquipiers le surnomment « *El Posturitas* » (le poseur) ou « *El Coqueto* » (le coquet).

Le 24 septembre, contre Villarreal, le Barça aligne pour la première fois ses trois stars offensives, Messi, Luis Suárez et Griezmann. Une combinaison entre Messi et Antoine est à l'origine de l'ouverture du score du Mâconnais à la 6e minute. Le trio a-t-il trouvé ses marques ? Pas forcément. L'état de grâce ne dure pas longtemps. Les interrogations reviennent rapidement sur le tapis. Messi et Grizi sont-ils complémentaires ? L'Argentin est-il jaloux du Français ? Griezmann peut-il s'intégrer dans l'équipe ? De roi à l'Atlético Madrid, le Français semble rétrogradé au statut de pion sur l'échiquier *blaugrana*. En Catalogne, il n'est pas considéré comme l'héritier de Messi, mais plutôt comme un soldat au service de son capitaine. Le débat est sans fin et sans réponses.

Ces soubresauts finissent par coûter sa place à l'entraîneur. Ernesto Valverde n'arrive pas à trouver la bonne formule. Il est écarté, début janvier, après l'élimination en demi-finale de la Supercoupe d'Espagne. Quatre jours après la défaite 3-2 contre l'Atlético Madrid, Valverde est remplacé par l'ancien entraîneur du Betis Séville, Enrique Setién. Son remplaçant ramène un peu de sérénité même si le jeu du Barça est loin d'être emballant.

Le 14 mars 2020, le gouvernement espagnol déclare l'état d'urgence sanitaire en raison de l'évolution dramatique de la pandémie de Covid-19. Les rassemblements sont annulés, les frontières fermées et les citoyens confinés chez eux pour tenter d'endiguer la propagation du virus. Dans la foulée, la Liga est interrompue après la 27e journée : Barcelone pointe alors à la première place avec deux longueurs d'avance sur le Real Madrid de Zidane.

La saison de football est mise sous cloche pendant deux mois. Une éternité pour un joueur de la trempe d'Antoine. Alors, pour chasser l'ennui, il passe ses journées sur la console. Il joue à *League of Legends*, avec son frère Théo et son équipe Grizi Esport. Il obtient aussi de probants résultats sur *Football Manager*, et laisse le jeu *FIFA* à des concurrents plus acharnés, comme Kylian Mbappé.

Pendant le confinement, des commentateurs se penchent régulièrement sur le « cas Griezmann ». On évoque un mal-être du Français, un problème d'adaptation au jeu et au vestiaire catalan. Les rumeurs envoient déjà le numéro 17 loin de Barcelone. La reprise de la saison, à la mi-juin, confirme cette tendance. Antoine perd peu à peu sa place de titulaire. Le 30 juin, il est encore assis sur le banc lors de la réception de son ancienne équipe de l'Atlético Madrid.

Il s'échauffe au bord du terrain pendant plus de 35 minutes et n'entre en jeu qu'à la 90e minute. À l'issue du nul 2-2, son entraîneur déclare qu'il a voulu conserver le plus longtemps possible l'organisation de son équipe. Une explication qui ne convainc pas le père du joueur. Plutôt discret habituellement, Alain Griezmann exprime sa colère sur les réseaux sociaux : « Pour avoir ce genre de propos, il faut avoir les clés du camion. Ce n'est pas le cas. Vous êtes un simple passager. » En résumé, Setién n'a pas un grand avenir en Catalogne selon lui…

La fin de saison catastrophique du FC Barcelone donne raison au clan du Français. Les *Blaugrana* laissent filer tout d'abord le titre de champion d'Espagne, le 17 juillet, après une triste défaite à domicile contre Osasuna. Ils sont ensuite humiliés lors des quarts de finale de la Ligue des champions qui se jouent sur un seul match à Lisbonne. Le 14 août, le Barça est écrasé 8-2 par le Bayern Munich. Une déroute sans précédent sur la scène européenne. Pour la première fois depuis 2008, le club catalan termine la saison bredouille, sans le moindre titre. Enrique Setién est prié de prendre la porte.

Le 19 août 2020, le Néerlandais Ronald Koeman prend les commandes du Barça. La seconde saison catalane d'Antoine est du coup bien meilleure. Le tricolore remporte la Coupe d'Espagne en inscrivant l'un des quatre buts contre Bilbao. Il enlève son premier et unique titre avec les *Blaugrana.* Avec Koeman, le Français retrouve aussi sa place et son jeu. Il termine deuxième meilleur buteur du club, derrière Lionel Messi, avec un total de 20 buts, toutes compétitions confondues. Mais sur le plan collectif, le FC Barcelone est encore décevant.

Les Catalans sont éliminés dès les huitièmes de finale de la Ligue des champions par le PSG. Et en championnat, ils se font encore chiper le titre, cette fois par l'Atlético Madrid.

Après deux saisons compliquées en Catalogne, Antoine décide alors de faire machine arrière. Le 1er septembre 2021, son aventure barcelonaise prend fin. Il revient en prêt à l'Atlético Madrid.

GRIEZMANN

7

CHAPITRE 14

Finale manquée

★★

Durant la parenthèse barcelonaise, l'équipe de France est une bouffée d'oxygène. Antoine peut compter sur le soutien de son sélectionneur. Didier Deschamps lui maintient toute sa confiance et, en retour, le Mâconnais délivre une ribambelle de passes décisives. Les Bleus ont une idée derrière la tête : lors de la Coupe du monde 2022 au Qatar, ils souhaitent être les premiers à conserver leur couronne, après le Brésil de Pelé en 1962.

Un objectif majeur après le cuisant échec subi lors de l'Euro 2020 avec une élimination prématurée, en huitième de finale, aux tirs au but, contre la Suisse. Depuis, les Français ont rectifié le tir. À l'automne 2021, ils ont remporté la Ligue des nations en renversant tour à tour la Belgique (3-2) et l'Espagne (2-1). Lors de la finale, à Milan, Antoine, positionné en numéro 10 derrière Kylian Mbappé et Karim Benzema, a fêté sa 100e sélection.

Pourtant, à quelques mois de la première Coupe du monde hivernale de l'histoire, son positionnement en équipe de France fait débat. Depuis le retour en sélection de Karim Benzema, le *Colchonero* semble moins performant. Certaines mauvaises langues lui prédisent déjà une place sur le banc au Qatar, d'autant que sa situation en club est bancale. Pour une histoire de gros sous, le Français est sous-utilisé à l'Atlético, où il est prêté pour la deuxième année consécutive. Et pour cause : s'il joue plus de la moitié des matchs lors de la saison 2022-2023, le club madrilène sera dans l'obligation de le recruter et de verser la somme de 40 millions d'euros au FC Barcelone. L'imbroglio prend heureusement fin à l'automne. Un accord est trouvé entre les deux clubs pour un transfert définitif à un prix revu à la baisse. Le 10 octobre, Antoine est officiellement de retour chez les Rouge et Blanc, où il s'engage jusqu'en juin 2026. « J'ai connu des moments assez difficiles à Barcelone, avoue-t-il. Maintenant, je suis en pleine confiance, je me sens très bien en club et en sélection. » Pour preuve, Grizi marque dans la foulée deux buts en championnat, contre le Betis Séville. Avec les Bleus, il s'apprête aussi à retourner l'opinion publique...

À quelques semaines du coup d'envoi de la Coupe du monde 2022, Didier Deschamps fait grise mine. Les forfaits se succèdent chez les tenants du titre. Le gardien Mike Maignan, le défenseur Presnel Kimpembe, l'ailier Christopher Nkunku et surtout les milieux de terrain Paul Pogba et N'Golo Kanté sont blessés. L'entre-jeu tricolore est décimé. Deschamps tente alors un coup de poker. Il replace Griezmann dans un rôle de relayeur au milieu de terrain. Son expérience des grandes compétitions et sa polyvalence peuvent être des atouts indéniables pour les Bleus, qui perdent en route un autre élément clé de l'équipe. À quelques jours du coup d'envoi du Mondial, Karim Benzema, sacré Ballon d'or en octobre, déclare forfait à son tour.

Le 22 novembre 2022, la France lance sa compétition au stade Al-Janoub contre l'Australie. Antoine compose comme prévu le milieu de terrain avec la recrue du Real Madrid, Aurélien Tchouaméni, et le joueur de la Juventus, Adrien Rabiot. Devant, le trio offensif est constitué de Mbappé, Giroud et Dembélé. Les champions du monde mettent près d'une demi-heure à entrer dans la compétition, le temps d'un premier but australien et d'une nouvelle blessure, cette fois de Théo Hernandez. Mais la machine tricolore se met peu à peu en place pour se transformer en rouleau compresseur : Rabiot égalise, Mbappé débloque son compteur et Olivier Giroud marque deux fois pour rejoindre Thierry Henry au classement des meilleurs buteurs français. Score final : 4-1. Comment la presse juge-t-elle la prestation d'Antoine ? « Griezmann est le véritable leader des Bleus en l'absence de Karim Benzema… », « C'est le coéquipier idéal » ou encore « la plaque tournante de cette équipe ». Bref, le numéro 7 s'en donne à cœur joie dans ce nouveau rôle et confirme son influence lors du deuxième match de poule, décisif pour la qualification et la première place du groupe D.

Quatre jours plus tard, il soulève encore l'admiration du public lors de la victoire arrachée contre le Danemark, au Stadium 974. Le joueur de l'Atlético est le meilleur sur le terrain. Sa capacité à réguler le jeu et son art de la passe font merveille. À cinq minutes du coup de sifflet final, alors que les deux équipes sont encore à égalité, le Mâconnais libère sa sélection : il adresse un centre rentrant au second poteau prolongé de la cuisse par Mbappé. 2-1. Avant le dernier match de poule, les Bleus sont déjà qualifiés pour les huitièmes de finale. Et le milieu blond décoloré affiche son plus beau sourire en après-match : « J'adore ce nouveau rôle, confesse-t-il aux micros qui se tendent. Défensivement, je dois aider mes coéquipiers et, avec le ballon, les mettre dans les meilleures dispositions. Je suis assez libre, j'aime être là. »

Ce bonheur se poursuit en huitième de finale lors de la démonstration 3-1 contre la Pologne et surtout, au tour suivant, lors d'un duel face à l'Angleterre, annoncé comme une finale avant la lettre. Grizi est sur tous les ballons défensifs. Il est également précieux devant la cage adverse. Sur le 1-0, il décale Aurélien Tchouaméni à l'entrée de la surface puis, à la 78e minute, il offre à Olivier Giroud le but du 2-1 qui envoie les Bleus dans le dernier carré.

À ce rythme-là, Antoine est bien parti pour être élu meilleur joueur du Mondial 2022. D'autant qu'il est encore précieux contre le Maroc en demi-finale (2-0). Reste à terminer le travail et aller chercher une deuxième couronne mondiale successive.

Le 18 décembre 2022, toute la planète football a les yeux braqués sur le Lusail

Stadium au Qatar. L'affiche entre la France et l'Argentine est somptueuse. Les deux sélections visent une troisième étoile. D'un côté, Lionel Messi. De l'autre, Mbappé, et bien sûr Grizi, qui retrouve sur sa route son ancien partenaire du Barça. Mais cette fois, le métronome des Bleus est méconnaissable : le numéro 7 est baladé par le milieu de terrain argentin et dépassé par l'impact physique imposé par ses adversaires. Le meilleur joueur français depuis le début du tournoi est remplacé à la 71e minute par Kingsley Coman. Le score est alors de 2-0 pour l'Argentine. Tour à tour, Lionel Messi sur penalty et Ángel Di María ont trompé Hugo Lloris en première période. C'est depuis le banc qu'Antoine assiste à l'incroyable fin de match : le retour de la France à 2 partout sur un doublé de Mbappé, la prolongation infernale avec un nouveau but de Messi et un autre de

Mbappé, l’occasion en or du 4-3 manquée par Kolo Muani et la séance des tirs au but fatale aux Français. Les Bleus abandonnent leur titre de champions du monde, mais Antoine n’a sûrement pas dit son dernier mot…

Fin

QUIZ

Connais-tu vraiment Antoine Griezmann ?

1. Dans quelle ville est né Antoine ?

   a. Paços de Ferreira

   b. Bayonne

   c. Mâcon

2. Durant son enfance, quel joueur était son idole ?

   a. Cristiano Ronaldo

   b. David Beckham

   c. Didier Deschamps

3. Pour quelle raison Antoine a-t-il été boudé par les centres de formation français ?

a. Il était jugé trop petit

b. Il jouait du pied gauche

c. Il ne jouait pas collectif

4. Dans quel club a-t-il joué le plus longtemps en professionnel ?

a. La Real Sociedad

b. L'Atlético Madrid

c. Le FC Barcelone

5. Quelle position occupe-t-il sur le terrain lors de la Coupe du monde 2022 au Qatar ?

a. Milieu de terrain

b. Attaquant

c. Défenseur

Réponses 1-c ; 2-b ; 3-a ; 4-b ; 5-a

TABLE

Pour découvrir des contenus exclusifs sur tes SÉRIES PRÉFÉRÉES, être informé en AVANT-PREMIÈRE des prochaines sorties ou participer à nos SUPER CONCOURS

La Bibliothèque rose

Retrouve notre site, nos réseaux sociaux et notre newsletter en flashant ce QR code* !

La Bibliothèque verte

* Si tu as moins de 13 ans, tes parents devront donner leur autorisation.

À très vite pour de nouvelles aventures avec tes héros préférés !

@LaBibliothèqueRoseetVerte

@labibliothequeroseetverte

Le site de tous les héros
www.bibliotheque-rose.com

PAPIER CERTIFIÉ

hachette s'engage pour l'environnement en réduisant l'empreinte carbone de ses livres. Celle de cet exemplaire est de :
400g éq. CO_2
Rendez-vous sur www.hachette-durable.fr

Photogravure Nord Compo - Villeneuve-d'Ascq
Imprimé en Espagne par MACROLIBROS
Dépôt légal : mai 2023
Achevé d'imprimer : avril 2023
33.5605.8/01 – ISBN 978-2-01-720408-4
Loi n° 49956 du 16 juillet 1949
sur les publications destinées à la jeunesse